Coralito's Bay
Bahía de Coralito

Written by Juan Felipe Herrera
Illustrated by Lena Shiffman

Special thanks to the Community Foundation of Monterey County, the National Fish & Wildlife Foundation, the McMahon Foundation and the National Marine Sanctuary Foundation

Editorial Director / Scientific Editor: Karen Grimmer-O'Sullivan
Book Designer & Production: Kirsten Carlson
Spanish-Language Translator & Editor: Michelle Templeton
Advertising: Dennis Long

Monterey Bay Sanctuary Foundation is a non-profit partner
of the Monterey Bay National Marine Sanctuary.
For information on how to order additional copies of this book write to:
MBSF, 299 Foam Street, Monterey, CA 93940
Or, visit the website: www.mbnmsf.org

Library of Congress Cataloging-in-Publication Data
Juan Felipe Herrera
Coralito's Bay
ISBN 0-9742810-0-X

Printed in Hong Kong through Global Interprint.

Quantity discounts are available through the publisher for educational and nonprofit use.

Dedicated to the many migrant families living on the central coast of California. – MBNMS

For my nephew Emilio James Quentin Robles Kirkpatrick and nieces, Savanna Bruhn and Loren Villegas. – JFH

To Brian and Emily with all my love. – LS

Dedicado a todas las familias emigrantes viviendo en la costa central de California. – MBNMS

Para mi sobirnio Emilio James Quentin Robles Kirkpatrick y mis sobrinas, Savanna Bruhn y Loren Villegas. – JFH

Para Brian y Emily con todo mi amor. – LS

"Let's go visit your mamá at the Moon Trawler Café. We'll take a Saturday *paseo* on the shore," said Coralito's father, and gave his son a giant sunflower.

"I'll use it as a sombrero, like yours papi! Sombrechoo!" Coralito sneezed loudly.

On the way, they stopped to read the sign:
MONTEREY BAY NATIONAL MARINE SANCTUARY

Coralito ran to the water tides that curled against the sands and turned into leafy pools. He could hear waves rolling, the surf swelling, spraying and crashing.

"The ocean makes so many beautiful languages against the rocks and sand!" Coralito shouted, then he coughed. Ahoogah! Ahoogah!

Coralito felt an asthma attack coming.

"Let's go home and rest now Coralito," said Delfino, as they walked slowly back to his trusty old flower truck.

4

"Vamos a visitar a tu mamá en el restaurante, Rastreador de la Luna. Tomaremos un paseo de Sabado a la orilla del mar," dijo Delfino, el papá de Coralito, dándole un girasol gigante de su troka florera.

"¡La usaré como sombrero, como el tuyo papi!
¡Sombrechoo!" Coralito estornudó fuertemente.

En el camino, pararon para leer el letrero:
SANTUARIO MARINO NACIONAL DE LA BAHÍA DE MONTEREY

Coralito corrió hacia las aguas de la marea que se doblaban sobre las arenas y se convertían en estanques floridos. El podía oir las olas marchando, el olejae creciendo, rociando y chocando.

"¡El mar platica en tantos idiomas hermosos entre las piedras y la arena!" Coralito grito, y luego toció. ¡Ahoogah! ¡Ahoogah!

Coralito presintió un ataque de asma.

"Ahorita, vamos a descansar Coralito," dijo Delfino mientras se regresaban a su vieja troquita florera.

5

Back at home, Coralito breathed in the misty medicine from his inhaler. "You're fine, Coralito." Mamá Estrella said. "You need to always carry your inhaler now."

The moon was dreamy. He fell asleep without making another wheezy sound.

Coralito woke up inside a bubble. It was more like his dad's glassy old flower truck, except instead of having wheels it had fins. Coralito dove into the ocean by moving three sticks in the shape of churros.

"Are there more *milagros* in the bay?" Coralito wondered — more miracles? He squeezed his inhaler and took a deep breath.

¡Vámonos!

En casa, Coralito aspiraba la medicina a vapor de su inhalador. "Estas bien, Coralito." Mamá Estrella dijo. "De ahora en adelante tendrás que cargar tu inhalador."

La luna estaba soñolienta. Se durmió sin hacer ni un sonido de resuello.

Coralito despertó a dentro de una burbuja. Era más como la vieja troka luminosa de flores de su papá, pero en vez de tener ruedas tenía aletas. Coralito se zambulló en el mar manejando tres palitos en forma de churros.

"¿Habrá más milagros en la bahía?" Coralito pensaba — más milagros? Apretó su inhalador y aspiró ondamente.

¡Vámonos!

Coralito wobbled to the signpost —

MONTEREY BAY NATIONAL MARINE SANCTUARY

What's a sanctuary? Sounds like *"Santuario,"* a place where everyone can rest and be healed.

Churro one! Churro two!

Coralito pressed forward and turned on his headlights. "I am close to the shore! In-between the ocean world and the earth!" Over acorn barnacles, seastars and mussels, a few small gobies raced away from his frosty lights.

A sea hare was feeding on a flowery wave of red algae.

"Am I dreaming?" he asked, then pushed another churro lever and activated a magnifying glass eye in front of his ocean-truck.

Churro three!

Coralito se tambaleó hacia el letrero —

SANTUARIO MARINO NACIONAL DE LA BAHÍA DE MONTEREY

¿Que es un sanctuary? Se oye como "Santuario," un lugar donde todos pueden descansar y ser curados.

¡Churro uno! ¡Churro dos!

Coralito se adelantó y prendió sus lámparas. "¡Estoy cerca de la orilla del mar! Entre el mundo oceánico y la tierra!" Sobre percebres bellotas, estrellas marinas y mejillones, unos cuantos gobios se retiraban de las luces escarchadas.

Una liebre de mar comía en una ola floreada de alga roja.

"¿Estoy soñando?" preguntó, luego empujó otra palanca de churro y activó un ojo de vidrio de aumento en frente de su troka marina.

¡Churro tres!

Coralito popped his eyes open.

He noticed the tiny feet of copepods dance around the dime shaped, red eye of a shrimp-like creature with a see-through skeleton.

"I wish I could stay and dance too," he said to the amphipod. Coralito touched his hand to the glass.

Adios, amigo.

A Coralito se le saltaron los ojos.

Observó las patitas chiquitias de los copépodos bailar alrededor del ojo rojo, del tamaño de una moneda de diez centavos, de un animal como el camarón con un esqueleto transparente.

"Como me gustaría quedarme y bailar también," le dijo al amphípodo. Coralito puso su mano sobre el vidrio.

Adios, amigo.

Coralito dropped under the Moon Trawler Café. Mamá Estrella called it *El Wharf*. She said, "Never play there. You can fall and drown."

Coralito could still hear her warning. "I am safe mamá," Coralito whispered. Churro One! Churro two! And down he went in-between cement pillars with pebbly beards floating above the water.

"Those are not beards!" Coralito flashed his lights from below. "Those are mussels and sticky barnacles on the pillars." Under the waves there were flowery arms opening and closing their curly petals.
"They look like papi's white roses! And those reddish ones are the same color as the strawberries mamá brings home! Maybe I can take one for mamá. Wait!"

Coralito touched his chest with both hands. "Anemones breathe," he whispered. "They need to breathe oxygen like me — to live."

Churro one!!

Coralito buceó bajo el restaurante, Rastreador de la Luna. Mamá Estrella le llamaba *El Wharf*. Le dijo, "Nunca juegues allí. Te puedes caer y ahogarte."

Coralito todavía podía oir sus consejos. "Estoy bien, mamá," Coralito susurró. ¡Churro uno! ¡Churro dos! Y bajó entre pilares de cemento con barbas de piedritas flotando sobre el agua.

"¡Esas no son barbas!" Coralito relumbró sus luces desde abajo. "Esos son mejillones y percebes pegajosos en los pilares." Bajo las olas habían brazos floreados abriendo sus pétalos anillados. "¡Se parecen a las rosas blancas de papi! Y esas rojizas son del mismo color que las fresas que mamá trae a casa! Quizás pueda yo llevarle una a mamá. Un momento!"

Coralito tocó su pecho con sus dos manos. "Anémonas respiran," susurró. "Necesitan inhalar oxígeno como yo — para vivir."

¡Churro uno!!

Churro two! Churro three!

Coralito puttered further out into the bay. "What is that? An upside down park?"

He was in a kelp forest. Coralito drove his ocean-truck through the kelp's floating columns from the deep where they grew out from rock beds. Dawn light shimmered down through the waves. "They reach up so they can drink the milky light. *Buenos días,*" he said with his hand stretched out to their arms golden brown like his. The kelp nodded their smooth round heads and their ribbon braids waved, "come up!"

On his way up, Coralito noticed a group of blue rockfish. The blue rockfish were like his friends at school. When he got near them, they darted in all directions.

Zoom! Zap! Swish!

¡Churro dos! ¡Churro tres!

Coralito se adelantó más adentro de la bahía. "¿Que es eso? Un jardin al revés?"

Estaba en un bosque de algas gigantes. Coralito manejó su troka marina entre las columnas ondulantes de alga más abajo de donde brotaban de camas de piedra. La luz matutina se reflejaba por las olas. "Se estiran para poder tomar la luz como leche. Buenos días," dijo con su mano estirada hacia sus brazos dorados como los de él. La algas marinas inclinaban sus cabezas y sus trenzas danzantes señalaban, "¡ven!"

En su acenso, Coralito vió un grupo de chancharros azules. Los chancharros azules se parecían a sus amigos de escuela. Cuando se acercaba, se disparaban para todos lados.

¡Zoom¡ ¡Zap! ¡Zas!

Is that a shaggy dog floating on the water? What is she eating? It's a sea otter! Coralito moved cautiously up to the top of the kelp forest. The sea otter finished eating the crab she was cracking open with a rock, and looked curiously at Coralito's sea truck.

With a graceful dip and a splash, she was gone. "I wonder where the kelp forest will lead me?" Coralito asked himself as he dove under the sea again. "Churro one, churro two, churro three!" Coralito commanded and went further out into the outer bay of the sanctuary.

¿Ese es un perro peludo flotando en el agua? ¿Que está masticando? ¡Es una nutria marina! Coralito subió arriba con cuidado, a la cumbre del bosque de algas gigantes. La nutria marina acabó de comer un cangrejo que estaba rajando con una piedra y con curiosidad miró a la troquita marina de Coralito.

Con una zambullida elegante y un chapoteo, se desapareció. "A ver donde me lleva este bosque de algas gigantes?" Coralito se preguntó mientras bajaba bajo el mar otra vez. "¡Churro uno, churro dos, churro tres!" Coralito ordenaba y salió más afuera del fondo de la bahía del santuario.

"I think I am lost. There is no bottom! No sides! Everything is moving. Where's everyone going? I am getting dizzy." Coralito reached for his inhaler and took a deep breath. "Everything's spinning!"

A sleek, blue shark swam by fast and startled Coralito. "Oh — are you looking for food?" said Coralito. The shark twirled into a school of luminous squid, and feasted. The sound of a boat chugged overhead. "Swim away shark, or you may get caught in drifting nets! Hurry, if they are catching squid, they might catch you too!"

Coralito touched his growling tummy.
"I'm hungry too, but not for shark!"

"Creo que estoy perdido. ¡No hay fondo! ¡No hay paredes! Todo se está meciendo. ¿Adonde van todos? Me estoy mareando." Coralito buscó su inhalador y aspiró ondamente. "¡Todo está girando!"

Un liso, tiburón azúl cruzó recio por su lado y sorprendió a Coralito. "¿Oh, estás buscando algo de comer?" dijo Coralito. El tiburón se lanzó a una escuelita de calamares luminosos, y se sirvió. El sonido de un barco rugía por encima. "¡Vete tiburón, o si no te puedes atrapar en las redes que caen! Apúrale, si se estan llevando a calamares, te pueden agarrar a ti también!"

Coralito tocó a su estómago gruñón. "¡También tengo hambre, pero no de tiburón!"

A seventy-foot blue whale whirled by and winked at Coralito. As he circled down through the waters, his jaws opened and he dove back in to catch thousands of tiny and curly krill creatures. Coralito herded a whole school of krill into the whale's bushy mouth.

"You must be hungry after migrating from ocean to ocean." Coralito laughed. "I migrate too, from crop to crop, just like you!"

Coralito's stomach growled again. "Maybe I should go back home?" Churro Two! Churro Three! "Just a second."

What *milagros* do those rocks close to shore have? Churro one! To the reefs we go! Coralito zoomed by more strawberry anemones in their bright red skirts fanning the light on bull kelp and thick leather stars. "Going up?" Coralito asked them.

Una ballena azúl de setenta pies pasó girando y le guiño el ojo a Coralito. Mientras circulaba más abajo por las aguas, sus quijadas se abrieron y se lanzó para recoger miles de krill, animalitos chicos y redonditos. Coralito arreó toda una escuela de krill adentro de la boca bigotona de la ballena.

"Haz de tener mucha hambre después de emigrar de mar a mar." Coralito se rió. "¡Yo también emigro, de cosecha a cosecha, así como tú!"

La panza de Coralito le gruñó otra vez. "Quizás me debo regresar a casa?" ¡Churro dos! ¡Churro tres!
"Un momento."

¿Que milagros tendrán esas piedras cerca a la orilla del mar? ¡Churro uno! ¡Vámonos al escollo! Coralito voló cerca de más anémonas de fresa con sus vestidos rojos brillantes abanicando la luz sobre la alga marina de toro y gruesas estrellas de cuero. "Suben?" Coralito les preguntó.

Coralito switched on his high beams and rotated his magnifying glass eye about eighteen feet under water. "What's that on the rocks? Enchilada sauce?" He beamed in closer. The deep reefs were covered with red algae. Further down, the algae grew thinner and changed colors and the waters turned darker and became icy cold.

"What's that orange sponge doing here? It looks like one of mamá's restaurant cleaning sponges."

Bazoom abab oosh

Bazoom abab oosh

Bazoom abab oosh

Coralito felt the rhythms of the ocean, like his heart.
His ocean truck floated up and turned over and over
and landed on a bed of prickly branches.

Bazoom abab

Oosh

Bazoom abab Oosh

Coralito prendió sus luces altas y volteó su ojo de vidrio de aumento como diez y ocho pies bajo del agua. "¿Que es eso sobre las piedras? ¿Salsa de enchiladas?" Alumbró más. Los arrecifes hondos estaban cubiertos con alga roja. Más abajo el alga crecía más delgada y cambiaba de colores y las aguas estaban más oscuras y frías como hielo.

"¿Que está haciendo esa esponja anaranjada aquí? Se parece a una de las esponjas de mamá para limpiar el restaurante."

Bazoom abab oosh

Bazoom abab oosh

Bazoom abab oosh

Coralito sentía los ritmos del mar, como su corazón.
Su troquita flotó arriba y se volteó una y otra vez más y cayó en una cama de ramitas espinosas.

"Red nopales? Red cactus? Wait! That's coral. Pink and purple. Looks like short forests, like tender lungs — like mine!" The hydrocoral branches were crusty, with little holes where tiny polyps lived. They were open, almost like saying, "Thanks for coming, Coralito. *Gracias*." Coralito opened his arms too. "My name is Coralito, like you! I want my lungs to say thanks too. But there is too much itchy dust in the air," Coralito said to his coral friends growing on the rocky reefs. "Is there itchy dust in the waters too?" he asked.

Just then, bruum-truum! Coralito's truck turned over from the pressure of a wave traveling out from the land. In the wave, Coralito could see patches of dark water tangle and dangle into a spidery web.

Bruum-truum

Bruum ta-ta-truum

"¿Red nopales? ¿Nopales rojos? ¡Un momento! Es coral. Rosado y morado. ¡Parece un bosquecito chico, como pulmones tiernos — como los míos!" Las ramas de hidrocoral estaban duras con hoyitos donde vivían Pólipos pequeños. Estaban abiertos, casi como decir, "Gracias por tu visita, Coralito. Gracias." Coralito también abrió sus brazos. "¡Me llamo Coralito, como tú! Quiero que mis pulmones den gracias también, pero hay mucho polvo picoso en el aire," le dijo Coralito a sus amiguitos de coral creciendo en los escollos de piedra. "¿También tienen polvo picoso en las aguas?" les pregunto.

De repente, ¡bruum-truum! La troka de Coralito se volteó por la fuerza de una ola que venia de la orilla de la tierra. Coralito, en la ola, podia ver trozos de agua oscura mezclarse y hacerse telaraña.

Bruum-truum

Bruum ta-ta-truum

Coralito knew the black water was from polluted storm water being flushed from city streets and the fields where his parents worked. "*Es el aceite*, it's the oil from cars, and the tired soil from farm lands," his father had said. "It can run into the ocean and cause harm." mamá had told him.

"The plants and little animals may not survive if I don't stop you!"
Coralito yelled to the gooey black web.

Churro One! Churro Two!
Coralito called as he thrust through the dark waters back to sandy shores.
This is Coralito's Bay!

Coralito sabía que el agua negra venía de fluido contaminado vaciado por las calles de la ciudad y de los campos de donde trabajaban sus padres. "Es el aceite de los carros y de la tierra cansada de los campos de labor," su papá le había dicho. "Puede correr hasta el mar y hacer daño." mamá le había contado.

"¡Las plantas y los animalitos tal vez no sobrevivirán si no te paro el alto!"
Coralito le gritó a la negra red pegajosa.

¡Churro Uno! ¡Churro Dos!
Coralito llamó mientras se lanzaba en las aguas oscuras hacia las orillas arenosas del mar.
¡Esta es la Bahía de Coralito!

When the black water finally passed down into the deep canyon, purple olive snails came out of hiding beneath the surface of the sand. They looked like the grape-colored onions mamá used for salads. Moon snails, sanddabs and sea pens poked their heads up from the sandy bottom.

"Maybe I can catch the sea pen and take it to my class. And I'll write my name underwater with it!"

Coralito smiled at his joke. He knew the animals should stay in their homes — their sanctuaries.

Cuando el agua negra finalmente pasó al cañón profundo, caracoles olivos violetas salieron de su escondite bajo la capa de arena. Se parecían a las cebollas color de uva que mamá usaba para las ensaladas. Caracoles de luna, platijas americanas y plumas de mar empujaron sus cabezas a travéz del piso de arena.

"¡Quizás cojo un pluma de mar y la llevo a mi salón. Y con ella escribo mi nombre bajo la agua!"

Su chiste le dió risa a Coralito. Sabía que los animalitos se deben de quedar en su casa — sus santuarios.

"What's that? *La Llorona* has come to get me? The Weeping Woman Ghost?" It was a hydromedusa, a see-through jelly head in the shape of a misty parachute with stringy tentacles and red eye-spots that dangle in the dark.

Don't hurt the kelp forests, sea otters and blue whales! This is Coralito's Bay!

"¿Que es eso? Ya vino la Llorona a recogerme?" Era una hydromedusa, una cabeza de jalea transparente en forma de un paracaidas con tentáculos de hilo y ojos de manchas rojas que se bambolean en la oscuridad.

¡No dañes los bosques de algas, las nutrias y las ballenas azules! ¡Esta es la Bahía de Coralito!

Churro one! Churro two!

Coralito! Coralito!

"Wake up, hijito!" Coralito's father said next to his bed. "You've been pushing my hands back and forth saying Churro this and Churro that!"

"I think that you had a dream." Coralito's mother said at the foot of the bed. "Maybe you are hungry for your mama's ceviche, the best sea food on a tostada."

Sea food tostadas? Yes, I am hungry mamá. But, we must not eat too many sea animals! We must not harm them by polluting our waters!

We must protect Coralito's Bay!

¡Churro uno! ¡Churro dos!

¡Coralito! ¡Coralito!

"¡Despierta, hijito!" El papá de Coralito le dijo cerca de su cama. "¡Haz estado empujando mis manos para arriba y para atrás diciendo Churro aquí y Churro allá!"

"Creo que estabas soñando." la mamá de Coralito dijo al pie de la cama. "Quizás tienes antojo del un ceviche de tu mamá, el mejor platillo del mar en una tostada."

¿Tostadas de comida del mar? Sí, mamá, tengo hambre. ¡Pero, no debemos comer muchos animales del mar! ¡No debemos dañarlos contaminando nuestra agua!

¡Tenemos que proteger la Bahía de Coralito!

Coralito told his parents about all the *milagros* he saw and the meaning of a sanctuary.

"It's like a *santuario*," he said. "A place where all can rest, even a shark, or a seastar — and be healed."
"You saw a star? You mean Estrella, like my name?" Coralito's mother asked.

"Yes, mamá. The *santuario* is out there. And it is in here too.
El santuario is inside all of us — an ocean of miracles and *amor*."

34

Coralito le contó a sus padres de todos los milagros que vió y el significado de un sanctuary.

"Es como un santuario," dijo él. "Un lugar donde todos pueden descansar, hasta un tiburón, o una estrella marina — y ser curados." "¿Viste una estrella? ¿Quieres decir Estrella, como mi nombre?" la mamá de Coralito preguntó.

"¡Sí, mamá. El santuario está allá afuera. Y también está aquí.
El santuario está dentro de todos nosotros — un mar de milagros y amor."

About Coralito's Journey
Acerca del Viaje de Coralito

Track Coralito's journey through the Monterey Bay National Marine Sanctuary. Match the numbers on the map with the sanctuary habitats on this page.

Siga el viaje de Coralito a través del Santuario Marino Nacional de la Bahía de Monterey. Conecte los números en el mapa con los habitats del santuario en esta pájina.

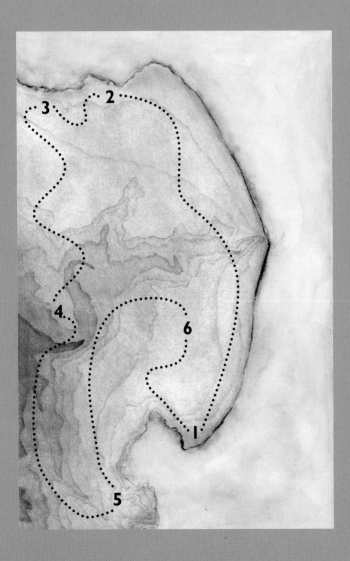

1. Rocky Shores
Costas Rocosas

When you visit a rocky shore, take care. Step lightly to avoid crushing animals and plants. Watch as barnacles open their shells and sweep the water with their legs to catch food, or as nudibranchs graze upon small anemones and even dead animals.

Hermissenda nudibranch on coralline algae
© Ken Howard/seaimages.org

Cuando visite una costa rocosa, hágalo con cuidado. Pise con cuidado para no aplastar a los animales y a las plantas. Observe cómo los percebes abren sus conchas y barren el agua con sus patas para capturar su comida, o mientras nudibranquios pastan en anémonas pequeñas e incluso animales muertos.

2. Pier & Pilings
Muelles y Pilares

Pier pressure is heavy where animals compete for space. Barnacles rule at the top, mussels cluster just below, and forty-year old anemones stand their ground, ready to sting intruders.

Giant green anemone & ochre seastars
© Steven Webster

La presión bajo el muelle, donde los animals compiten por espacio, es muy pesada. Los balanos reinan en la parte superior, por debajo de éstos se agrupan los mejillones y más abajo se mantienen firmes en su posición las anemonas de 40 años de edad, listas para picar a los intrusos.

3. Kelp Forest
Bosques de Algas

Look offshore and you're likely to see a golden brown mat on the ocean surface. It's giant kelp, the largest of all the hundreds of seaweeds in the sanctuary. Kelp forests support the richest assemblage of life in the sanctuary. Golden blades of kelp teem with rockfishes, perch, snails and crabs, and provide haven for sea otters resting at the surface.

Mom and pup sea otters in kelp
© Ken Howard/seaimages.org

Mire hacia el mar desde la playa y lo más probable es que vea un manto de color café dorado sobre la superficie del océano – son los bosques de algas marinas gigantes. Los bosques de algas marinas gigantes sostienen la variedad más rica de vida en el santuario marino. Entre las doradas laminas de las algas se esconden gran cantidad de roscacios, percas, caracoles y cangrejos y además proporcionan un refugio para las nutrias marinas que descansan en la superficie.

4. Open Waters & Deep Canyons
Aguas Abiertas y Profundos Cañones

While most plankton are too small to see, almost all of the animals swimming in the sanctuary's open waters depend on plankton as food. Enormous blue whales feed on tiny krill, a shrimp-shaped zooplankton that becomes extremely abundant in the summer, and sleek blue sharks feed on schools of luminous squid.

Blue shark
© Mark Conlin

Aunque la mayoría de plancton es muy pequeña para verse a simple vista, casi todos los animales que nadan en las aguas abiertas del santuario marino dependen en el plancton como alimento. Las enormes ballenas azules se alimentan de pequeños eufásidos (en inglés, krill), un tipo de zooplancton con cuerpos en forma de camarón, que son extremadamente abundantes en el verano, y los tiburones azules lisos se alimentan en escuelas de calamar luminosos.

5. Rocky Reefs
Arrecifes Rocosas

Take a closer look at the animals that live in the deep reefs. The reefs are covered in living color. Hydrocoral, pink and purple carpet the rock.

California hydrocoral
© Marc Shargel

Observe de cerca los animales que habitan en los arrecifes rocosos. Los arrecifes están cubiertos de colores vivos. Hidrocoral forma una alfombra rosada y morada en las rocas.

6. Sandy Seafloors
Fondos de Mar Arenosos

Beyond the waves, most of the seafloor in the sanctuary is covered with sand or mud. Here, sand dollars, tubeworms, burrowing anemones, crabs, brittle stars, flatfishes and stingrays hide.

Burrowing anemone and bat star on the sandy seashore
© Kip Evans

Más abajo de las olas, casi todo el fondo del mar en el santuario marino está cubierto de arena o fango. Aquí se esconden las galletas o dólares del mar o lochas, los gusanos tubulares, las anémonas excavadoras, los cangrejos, los frágiles ofiuros, los lenguados y las rayas.

Bazoom abab

Oosh

Plan your own Journey
Plane su propio Viaje

To get more involved, and plan your own "journey," contact the following marine conservation organizations.

Para hacer mas, y planear su propio "viaje," contacte a los siguientes organisaciónes de conservación marina.

Monterey Bay National Marine Sanctuary Multicultural Education Program – MERITO
Find out ways to protect our sanctuary and be an ocean steward. Discubra las formas de cuidar nuestro santuario y sea protector del océano.
www.montereybay.noaa.gov/educate/merito.html
(831) 647-4201

Save Our Shores
Learn about critical marine issues affecting the MBNMS and how you can get involved to help protect sanctuary wildlife and habitats. Aprenda más sobre los asuntos marinos mas críticos que afectan al MBNMS y cuales acciones pueden tomar para proteger a la vida marina y los habitats del santuario.
www.saveourshores.org
(831) 462-5660

Monterey Bay Aquarium
Visit with your family and friends. Visítelo con su familia y sus amigos.
www.mbayaq.org
(831) 648-4888

City of Watsonville Public Works Dept.
Book an in-class program for your class or group on recycling and water pollution. Reserve una presentación de un programa acerca de reciclaje y la contaminación de agua para su classe o grupo.
publicworks@ci.watsonville.ca.us
(831) 728-6049

Elkhorn Slough National Estuarine Research Reserve
Visit for a weekend guided tour or special event such as Mother's Day in May. Visite al pantano para una excursion guiada o un evento especial como el Día de la Madre en mayo.
www.elkhornslough.org
(831) 728-2822

O'Neill Sea Odyssey
Take an on-the-water cruise with your school or group. Haga un viaje por mar con su escuela o grupo.
www.oneillseaodyssey.org
(831) 465-9390

Camp SEA Lab
Sign up for hands-on marine science programs including workshops, school programs and summer camp. Alistese para programas interactivos enfocados en las ciencias marinas, incluyendo a los talleres, los programas en las escuelas y los campos del verano.
www.sealabmontereybay.org
(831) 582-3681

California State Parks
Visit a park site for hiking, picnicking or special weekend programs. Visite algún parque del estado para ir en caminatas, hacer un picnic, o participar en los programas de fin de semana.
www.parks.ca.gov
(800) 777-0369

Marine Advanced Technology Education (MATE) Center
Learn about the many different types of jobs that are available in the marine sciences, and technology. Aprenda más acerca de las distintas carreras en las ciencias marinas, y la technología.
www.marinetech.org
(831) 645-1393

Watershed Institute, CSU Monterey Bay
Help restore creeks and natural lands with native plants or build a school garden. Ayude a restaurar arroyos y tierras naturales con plantas nativas o construya un jardín en tu escuela.
www.watershed.csumb.edu
(831) 582-3689

Monterey Bay Sanctuary Foundation
Learn about research & monitoring programs. Aprenda más sobre programas de investigaciones y monitorización.
www.mbnmsf.org
www.mbnms-simon.org

Protecting our Sanctuary
Protegiendo nuestro Santuario

Each of us can make a difference

Cado uno de nosotros puede hacer la diferencia

On a rainy day have you ever wondered what happens to motor oil on roads, highways, parking lots, driveways, and in storm drains? Everything that goes down a storm drain flows directly into creeks, waterways and the Monterey Bay National Marine Sanctuary.

¿En un día lluvioso alguna vez te haz preguntado que pasa con el aceite motorizado sobre los caminos, las autopistas, los estacionamientos, la entradas de coches y en las alcantarillas? Todo lo que se arroja en las alcantarillas corre directamente hacia los arroyos, las vías del agua y el Santuario Marino Nacional de la Bahía de Monterey.

A thin layer of oil on the water can kill fish eggs, reducing an important source of food for many animals. Oil can also coat the feathers of seabirds, causing the birds to freeze and possibly die. Oil also forms tar balls which can be eaten by sea turtles, causing the turtles to choke, or even starve.

Una capa fina de aceite en la superficie del agua puede matar los huevos de peces que alimentan a muchos animales. El aceite puede impregnar, o cubrir las plumas de las aves marinas, como resultado las aves se enfrian y quizas se mueren. El aceite también forma bolas de petróleo que las tortugas marinas pueden comer, y atorarse o morirse de hambre.

Sea turtles sometimes mistake plastic bags for jellies, their favorite food. When a turtle swallows plastic, its intestines get clogged, it can't eat and starves.

Las tortugas marinas a veces confunden las bolsas de plastico con las medusas, su comida favorita. Cuando una tortuga traga plástico, sus intestinos se pueden atascar, no puede comer y se muere de hambre.

© Kirsten Carlson

What can you do to help?
¿Qué sucede cuando se derrama aceite o petróleo en el mar?

– Recycle your family's car motor oil at a gas station
– Recicle su aceite del motor del coche de su familia

– Use less gas and oil by carpooling or walking to school
– Usar menos gas y aceite compartiendo viajes o caminando a la escuela

– Wash cars at a commercial car wash
– Lave los carros en una lavadora comercial de carros

– Recycle and reuse plastic bags and containers
– Reciclar y re-utilizar recipientes de plástico

– Share what you know with friends and family!
– ¡Comparte lo qué usted sabe con los amigos y la familia!

The Monterey Bay National Marine Sanctuary

El Santuario Marino Nacional de la Bahía de Monterey

"Coralito's Bay" is special place in our story. It's exciting to know that such a place really does exist along our beautiful California coast. In 1992, this coastal region was named a National Marine Sanctuary — one of 13 in the United States. The Monterey Bay National Marine Sanctuary covers 5,300 square miles, stretching from north of San Francisco to south of San Simeon.

A sanctuary is like a national park. Its purpose is to protect a natural area and everything that lives there, but it's also for people's use and enjoyment. No oil drilling or ocean dumping is permitted, yet, fishing, research and recreation is allowed.

"La Bahiá de Coralito" es el lugar especial en nuestra cuento. Es emocionante saber que tal lugar realmente existe a lo largo de nuestra costa hermosa de California. En 1992, esta región costera fue nombrada un santuario marino nacional — uno de 13 en los Estados Unidos. El Santuario Marino Nacional de la Bahía de Monterey cubre 5,300 millas cuadradas, estirando del norte de San Francisco al sur de San Simeon.

Un sanctuario es como un parque nacional. Protege una zona natural y todo lo que vive dentro de esa zona, pero también es para poder utilizar la bahía de la misma forma que siempre lo hemos hecho, para la pesca, la investigacion y el recreo.

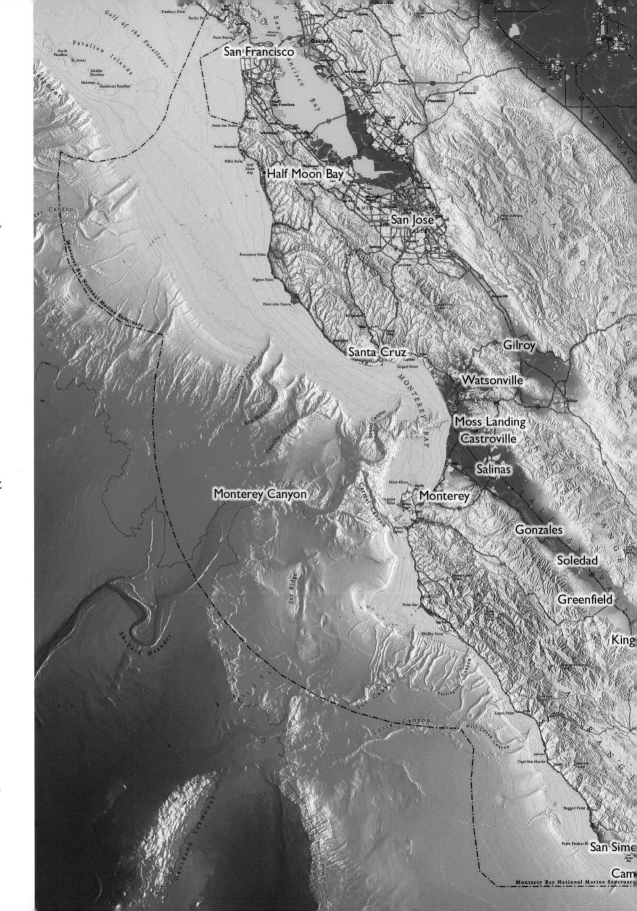

About the Author

Juan Felipe Herrera is a nationally recognized Chicano poet. His first children's book, *Calling the Doves*, won the prestigious Ezra Jack Keats Award. Its sequel, *The Upside Down Boy*, was a selection for the Texas Bluebonnet Master List and was a Smithsonian Notable Book for Children.

Juan Felipe was also the winner of the Latino Hall of Fame Poetry Award for 2000 and 2002 (co-winner).

He lives with his family in Fresno, California. The Monterey Bay National Marine Sanctuary, he says, "is a place and a poem of life, compassion and learning for all of us."

About the Illustrator

Lena Shiffman was born in Sweden. She studied at Spectrum Institute of Commericial Art, the Parsons School of Design and the Art Students League in New York City. She is a member of the Society of Children's Book Writers and Illustrators.

Her first published book was *Keeping a Christmas Secret*, written by Phyllis Reynolds Naylor. It recieved a Christopher award in 1989. Since then she has illustrated numerous books and magazines for children, including the *Hello Reader A Second Chance for Tina*, by Marilyn Snyder.

Lena lives with her husband and daughter in New Jersey.